JOURNAL ASIATIQUE

OU

RECUEIL DE MÉMOIRES

D'EXTRAITS ET DE NOTICES

RELATIFS À L'HISTOIRE, À LA PHILOSOPHIE, AUX LANGUES
ET À LA LITTÉRATURE DES PEUPLES ORIENTAUX

LA RHÉTORIQUE ÉTHIOPIENNE

LE ሰምና ፡ ወርቅ ፡

PAR

M. C. MONDON-VIDAILHET

(Extrait du numéro de Septembre-Octobre 1907)

PARIS
IMPRIMERIE NATIONALE

MDCCCCVII

LA RHÉTORIQUE ÉTHIOPIENN

LE ሰም ፡ ወርቅ ፡

LA RHÉTORIQUE ÉTHIOPIENNE

LE ሰምና ፡ ወርቅ ፡

PAR

M. C. MONDON-VIDAILHET

EXTRAIT DU JOURNAL ASIATIQUE
(Septembre-Octobre 1907)

PARIS
IMPRIMERIE NATIONALE

MDCCCCVII

LA RHÉTORIQUE ÉTHIOPIENNE.

LE ሰምና ፡ ወርቅ ፡

Tous les éthiopisants de quelque compétence qui se sont trouvés en contact avec les lettrés éthiopiens ont entendu parler du ሰምና ፡ ወርቅ *Săm nā wărq*, et ont été frappés de l'air de supériorité dédaigneuse que prenaient ces lettrés, lorsque la conversation amenait quelque allusion à ce grave sujet littéraire. Nous ne croyons pas qu'aucun de ces éthiopisants ait essayé de pénétrer cette science, dont les Éthiopiens parlent avec une vénération particulière, mais sur laquelle ils laissent planer une sorte de mystère, aussi engageant pour la curiosité de l'explorateur que décourageant pour ses recherches. Le *Săm nā wărq* a beau n'être qu'une rhétorique particulière à l'usage des initiés; comme on sait que, sous des apparences inoffensives, il cache de perfides allusions politiques ou personnelles, les ombrageux pontifes qui président à son culte ne laissent pas aisément profaner les abords du temple. Ils sont plutôt tentés d'en interdire l'accès. La masse des lettrés n'a qu'une idée confuse de ces merveilles, et se contente d'admirer respectueusement les bribes qu'on lui permet de savourer. C'est surtout dans les grandes écoles du Godjam, du Baghêmeder, à Dimâ, à Mahdera-Maryâm, etc., même à Gondar, plus spécialisé dans le droit, que se brûle en l'honneur du *Sām nā wārq* l'encens le plus pur. Il a fallu que la mission suédoise de M'Koullou, près de Massawah, ait fait de remarquables sacrifices, ou employé une diplomatie machiavélique, pour qu'un des dépositaires, les plus autorisés à coup sûr, de cette science mystico-littéraire, ait pu se résoudre, même sous l'anonymat, à jeter au grand jour de l'impression un traité à peu près complet de cette matière, joint à l'enseignement grammatical de l'éthiopien, tel qu'il se pratique dans ces écoles renommées [1]. L'ouvrage, d'ailleurs, étant écrit en langue vulgaire, amharique ou abyssine, est resté lettre close pour la presque totalité des éthiopisants.

Au cours de nos études, nous avons pu analyser toute la partie purement grammaticale de ce traité, dans le but de faire connaître la façon dont les professeurs éthiopiens en renom enseignent la langue liturgique de leur pays, le gheez. M. Guidi en a donné un aperçu dans l'ouvrage publié en l'honneur du 70e anniversaire du savant M. Nöldeke. Il s'en est à peu près tenu à la terminologie grammaticale, et, s'il a soulevé un coin du voile qui couvrait le *Sām nā wārq*, il n'en a révélé aucun secret.

Antoine d'Abbadie, dont l'exploration de l'Éthiopie restera un honneur pour la science française, s'est contenté, dans ses études littéraires, de signaler

[1] መጽሐፈ ፡ ሰዋስው ። ታትመ ፡ በምንኩሉ ፡ በ፲፰፻፹፱ ፡ አመት ።

les sept genres de phrases à double sens qu'on voulut bien lui révéler, sans les lui expliquer probablement. Bien que sa nomenclature soit exacte, la méthode du professeur accueilli par les Suédois prend une tout autre ampleur, et les sept genres de phrases révélés à A. d'Abbadie se fondent dans une foule de figures de rhétorique, dont elles restent le pivot, si l'on considère attentivement la question. Nous avons nous-même, pendant notre séjour en Abyssinie, reçu des leçons d'un professeur réputé d'Entotto, *mĕmherĭĕ* T'at'emqo, qui apportait dans son enseignement des côtés originaux. La maladie des yeux qui nous obligea à quitter l'Éthiopie ne nous permit pas de pénétrer le mystère, au cas même où notre professeur aurait consenti à nous le dévoiler, et, encore aujourd'hui, en l'absence d'un savant abyssin capable de nous guider dans ce dédale, sur quelques points, nous en sommes resté à la période de tâtonnements.

En effet, si complet que soit le **ሰዋስው ፡** *Säwāssĕw*, ou méthode d'enseignement du gheez, que les missionnaires suédois ont eu la bonne pensée de publier, il faut tenir compte des incertitudes que présente la terminologie adaptée à cette science mystérieuse. Il s'agit, en effet, de créer des amphibologies, comme à plaisir, en soumettant le système syntactique de l'éthiopien à des déformations qui rendent le sens réel de la phrase méconnaissable, sous les apparences d'une signification qui n'offre pas souvent une plus grande clarté. Il suffit d'ailleurs d'avoir assisté à une séance de déchiffrement d'un texte, ainsi torturé, par des lettrés déjà au courant des subtilités du *Säm nä wärq*, pour se faire une idée des difficultés inhérentes, pour l'étranger, à ce genre d'exercice, plus curieux à coup sûr que réellement littéraire, et heureusement soumis à un important dosage, lorsqu'il sert à la composition poétique.

On ne trouve dans nos littératures européennes, même chez nos symbolistes, que bien peu d'exemples de jeux d'esprit aussi subtils, et, au fond, aussi peu appréciables, bien que les lettrés éthiopiens les exaltent au point de se montrer orgueilleux de leurs trouvailles. Il nous faut remonter jusqu'aux tropaires de notre moyen âge pour rencontrer des compositions s'inspirant en quelque sorte d'une pareille tendance. On sait que la satire prenait souvent cette forme d'apparence religieuse; mais nulle part, que nous sachions, on n'est arrivé à ériger en système l'obscurité du style et à en fixer les règles. On devine sans peine l'influence de ces aberrations sur la littérature éthiopienne en général, et on s'explique mieux la tendance aux jeux de mots, calembours ou à-peu-près, si appréciés par les Abyssins de toute classe.

Le *Säm nä wärq* doit donc être considéré comme une préparation plus spéciale à la composition religieuse, au ቅኔ ፡ *qĕniē*, qui porte toujours la trace de cette tournure artificielle de la phrase[1]. C'est ce qui

[1] Voir I. Guidi, *Qĕnē, o inni abissini*. R. Accad. dei Lincei; 1901.

en rend l'interprétation souvent très difficile, car il faut ajouter au *Säm nä wärq* proprement dit d'autres éléments qui ne contribuent guère à donner de la clarté à ces compositions. Nous voulons parler des መፍክሬ ፡ *mäfkärië* « interprétations », et de la surabondance d'allusions bibliques, qui exigent chez les parfaits lettrés éthiopiens une connaissance absolue de l'Ancien et du Nouveau Testament, qu'ils savent d'ailleurs presque par cœur, grâce à une mémoire prodigieuse, généralement déniée à nos races occidentales.

Des recueils de *mäfkärië* donnent aussi des traductions de noms propres hébraïques, grecs et latins, plus ou moins exactes, même des lettres de l'alphabet hébraïque, et ces mots ainsi « expliqués » deviennent de véritables synonymes. C'est ainsi que Adam signifiera « l'humanité », et même « la terre »; Ève, « la vie »; Hiram sera synonyme « d'architecte »; la Perse (ፋርስ ፡), de « ours »; Babylone, de « bêtes »; et, réciproquement, « les chiens » seront les Philistins (ፊሉፍሊ ፡); les « hyènes », les Égyptiens (ግብጻዊ ፡), etc. Il faut se démener à travers ce dédale, sans guide bien sûr, car l'enseignement de la science grammaticale et de la rhétorique est surtout oral. Les ሰዋሰው ፡ *Säwäsëw*, ou traités grammaticaux que nous possédons dans nos bibliothèques, n'en sont guère que des mementos, plus ou moins abrégés. Cet enseignement oral, ayant toujours pour objectif la composition des hymnes religieux ቅኔ ፡ *qënië*, dont nous avons parlé, on s'explique l'importance ajoutée à telle ou telle partie, importance dont la portée nous échappe souvent. C'est ainsi que l'état construit est appuyé d'un grand nombre d'exemples, dont le but est beaucoup moins d'en expliquer la forme, que de présenter à l'étudiant une série de métaphores dont il pourra se servir plus tard avec la valeur qu'une longue tradition a consacrée.

I

Nous n'avons point la prétention de donner au complet les règles qui président au *Säm nä wärq*, telles qu'elles sont exposées par les professeurs éthiopiens; plusieurs fascicules du *Journal asiatique* n'y suffiraient pas. Nous ne voulons que donner une idée de cette étrange rhétorique, si curieuse, quelle que soit l'opinion qu'on en puisse avoir, en suivant même, le plus que nous pourrons, la façon dont ils l'enseignent.

Disons d'abord que *Säm nä wärq* signifie littéralement « cire et or ». Cela indique qu'il s'agit de découvrir l'or sous la cire qui le cache, c'est-à-dire de deviner le sens réel que l'on a voulu donner à une phrase, sous l'enveloppe amphibologique qui lui donne un sens apparent parfois tout à fait différent; en un mot, le *Säm nä wärq* est l'art de dissimuler ce qu'on veut dire sous les apparences de ce qu'on dit. L'étude du *Säm nä wärq* a donc deux fonctions: en premier lieu, enseigner à créer un sens apparent pour cacher le sens réel; en second lieu, trouver les moyens de découvrir ce sens réel sous le sens apparent qui l'enveloppe.

A travers le fatras des règles et des explications qui les accompagnent, on peut résumer le *Säm nä wärq* en quelques traits principaux et en fixer le caractère.

Il consiste :

1° Dans l'utilisation des équivoques naturelles à la conjugaison (እርእሰት ፡). Il y a d'abord celles qui proviennent des verbes terminés par une radicale gutturale. La 1re pers. du sing. et la 3e pers. du plur.; la 2e et 3e pers. du sing. du parfait s'y confondent. On y ajoute celles qui proviennent de l'enallage du nombre — ce qui est généralement le cas quand les sujets sont des noms collectifs — et de l'enallage du genre : masculin s'accordant avec le féminin, ce qui est commun en éthiopien.

Il y a aussi des ambiguïtés dans l'emploi de l'actif et du passif. C'est ce que les professeurs appellent le ገቢርና ፡ ተገብሮ ፡ *gābir nā tägābro* « le faire et l'être fait »; en outre, les noms terminés par des lettres de 2e, 4e, 5e et 7e ordres ne changent pas, qu'ils soient sujets ou compléments directs, ce qui sert à créer des amphibologies.

2° Dans la dislocation de la phrase, compliquée de l'ellipse de la plupart des particules du langage ordinaire. Ces particules, que les Éthiopiens appellent አገባብ ፡ (*ăgăbāb* « connexes ») sont les prépositions, les adverbes, les conjonctions et d'autres copules tenant lieu de verbes, comme ውእቱ ፡, በ ፡, እስበ ፡, etc. Les noms (substantifs ou adjectifs), que les Abyssins appellent ብትን ፡ ሰዋሰው ፡ (*bĕtĕn säwāssĕw* « dispersés dans le lexique »), n'y sont plus reliés par tout cet appareil de particules, si nécessaire à la clarté de la phrase dans les langues analytiques en général et dans l'éthiopien en particulier. L'ellipse des particules est un trait distinctif du *Säm nä wärq*, quelque chose comme la marque de fabrique de cette étrange déformation syntactique.

3° Dans l'inversion, ou hypallage du nom déterminant et du nom déterminé. C'est ce que les grammairiens appellent ባለቤት ፡ ከዘርፍ ፡ (*bäläbiēt käzärf* « sujet et déterminatif »). Le mot *sujet* exprime toujours chez le grammairien éthiopien l'idée du mot principal. C'est, dans ce cas, le nom déterminé.

Cette inversion aboutit à un système de métaphores, artificiellement créées, grâce à la transposition du déterminatif du sens réel au sujet du sens figuré, et réciproquement. Si on joint aux sujets et aux déterminatifs les dépendances dont ils sont susceptibles; si on ajoute à cela la dispersion de l'ordre syntactique, l'ellipse des particules, les appositions de noms propres comportant des allusions bibliques, on se rendra compte des complications que ce procédé entraîne. Cette forme de l'hypallage aboutit à des obscurités inextricables. Les grammairiens l'appellent ውስጠ ፡ ወይራ ፡ (*wëst'ä wäyrä* « intérieur de l'olivier »), l'olivier étant considéré comme particulièrement résistant, surtout autour de la sève. En réalité, il s'agit de métaphores plus ou moins compliquées.

4° Dans un arrangement de la phrase dont le résultat est de faire apparaître l'attribut du sujet du sens réel comme étant celui du sujet du sens apparent. Cette figure s'appelle ባለቤትና ፡ ቅጽል ፡ (*bālăbiēt nā qĕts'ĕl* « sujet et attribut »). L'amphibologie est obtenue à l'aide du participe passif (ቅቱል ፡) de la forme adjective ቅቲል ፡ (ሐዲስ ፡) et de l'agent verbal ቀታሊ ፡. La forme ቅቲል ፡ ne doit pas être confondue avec l'infinitif.

5° Dans un procédé équivalent, aboutissant à l'inversion du régime du sens apparent avec celui du sens réel. Le pivot de cette amphibologie est le ሙሻዘር ፡ (*mouchāzăr* « soudure »), qui est le participe passif à l'état construit, dont le déterminatif n'est qu'apparent. Les ሳቢዘር ፡ (noms verbaux de la forme ቅትለት ፡) et les infinitifs jouent un rôle identique. C'est par une déviation du même genre qu'ils obtiennent une sorte d'apostrophe qui, grâce à une incidente, ne s'adresse pas à celui qui a l'air d'être interpellé, mais bien à celui qui semble ne l'être pas (ሰምችና ፡ እሰምች ።) C'est une forme amphibologique de la prosopopée.

6° Dans un jeu de comparaisons, à l'aide de propositions parallèles ou subordonnées, sortes d'équations littéraires, qui aboutit à la confusion de deux idées, comme, par exemple, du contenant avec le contenu, de la propriété avec le propriétaire, du haut et du bas, de ce qui est loin et de ce qui est près, etc. Cette étrange figure du *Săm nā wărq* s'appelle ተዘዋሪ ፡ *tăzăwāri* « circonvolution »; en effet, les différentes parties ont l'air d'y jouer un quadrille. On l'appelle aussi ሠረዝ ፡ *särăz*, du nom des quatre points ፡፡ qui séparent les diverses propositions composant le *tăzăwāri*.

7° Dans une sorte d'antiphrase, qu'ils appellent እንጸር ፡ *ănts'ăr* « apparence, aspect », répondant assez souvent à la synecdoque de nos anciens humanistes. Le tout y est pris pour la partie et réciproquement. L'ironie y pénètre souvent, grâce à des réticences calculées.

Tels sont les procédés ordinaires de cette rhétorique bizarre, qui a si peu de rapport avec la conception que nous avons de l'esthétique littéraire. Tandis que, sous les artifices les plus osés de notre rhétorique, nous nous efforçons de garder la clarté qui convient à la phrase, chez les Abyssins, tout ce qui peut concourir à multiplier les obscurités ajoute un mérite de plus à ces compositions, réputées d'autant plus admirables qu'elles sont inintelligibles.

Comme exemple du *Săm nā wărq*, nous citerons une figure prise au hasard dans le traité : le ገስገሽ ፡ « pressé, qui se hâte ».

ምኩሬብ ፡ ቅድምና ፡ እምላከ ፡ ምዑዝ ፡ ተሐንጾ ፡ በደበር ፡ መስቀል ፡ ሮምያ ፡ ዕፍረት ፡ ወጥቀለ ፡ ከዊን ፡ ማኅደረ ፡ ለን ግደ ፡ መከራ ፡ ሐረገ ፡ ዘይት ፡ ናዑ ፡ ተንሥኡ ፡ ቅድመ ፡ ኃያ ለን ፡ ሕዝብ ፡ በንፈሰ ፡ ሐጊን ፡ ቀኖት ፡ ዕርጽ ፡፡

Il y a dans ces quelques lignes de quoi troubler le cerveau le mieux équilibré.

Il n'existe pas moins de 80 figures de ces étranges combinaisons, et leurs noms suffisent à faire comprendre qu'on se trouve en présence d'un véritable casse-tête chinois. Citons en passant : le ጥምዝ ፡ « entortillement », le ፍንጽቅ ፡ « éclaboussure », le ግልብጥ ፡ « renversement », le መከታ ፡ « paravent », le ከጅ ፡ « traître », le ቀለም ፡ ራስ ፡ ከባጅ ፡ « mots donnant la migraine »; etc. Chacune de ces phrases entortillées peut être expliquée de plusieurs façons différentes, sans qu'on puisse affirmer qu'on a traduit la pensée réelle de l'inventeur. Et, cependant, l'étude du *Sām nā wārq* a la prétention de donner les moyens matériels d'y parvenir, surtout par les procédés suivants :

1° En rétablissant mécaniquement les particules élidées y compris les copules ውእቱ ፡, በ, ፡ ኢለበ ፡, etc.;

2° En rétablissant l'ordre syntactique de la phrase;

3° Avec l'aide de formules explicatives, comme on le verra plus loin;

4° En interprétant les métaphores traditionnelles, comme እጸ ፡ ሔዋን ፡ « la rançon d'Ève » par « le sang du Christ »; በለስ ፡ ገነት ፡ « la figue (pomme) du Paradis » par « la faute d'Ève »; ዕፀ ፡ እውልዕ ፡ « l'arbre de la tourmente », par « l'olivier », témoin de la passion du Christ; ብእሲቱ ፡ ጊዮርጊስ ፡ « la femme de Georges », par « le cerveau de saint Georges »; አንበሳ ፡ ገዳም ፡ « le lion du désert », par « ermites », etc., ainsi que les synonymies des *măfkārie*, dont nous avons parlé;

5° En interprétant les appositions intentionnelles de noms propres, comme : እምላከ ፡ ዳዊት ፡, እናም ፡ ሰሎሞን ፡, etc., basées sur des allusions bibliques ou historiques, éléments remarquables d'obscurité.

II

L'exposé que nous venons de présenter des procédés généraux du *Säm nä wärq* serait forcément très incomplet si nous n'y ajoutions quelques exemples qui permettront aux éthiopisants de s'en faire une idée concrète.

Disons d'abord que les professeurs éthiopiens font précéder l'étude du *Säm nä wärq* de notions qui représentent ce que nous appelons l'analyse logique. Comme chez tous les grammairiens orientaux, c'est, en général, le verbe qui « régit ». Il est le lien de la phrase (ማሠሪያ ፡) et la proposition est ou initiale = principale (መነሻ ፡), ou hâtive = incidente (መገሥገሻ ፡ du radical ገሠገሠ ፡ « se hâter »), ou finale = explicative, explicite (መድረሻ ፡, de ደረሰ ፡ « arriver »).

Le sujet est actif (አድራጊ ፡), causatif (አስደራጊ ፡), ou passif (ተደራጊ ፡), passif-fréquentatif (ተደረራጊ ፡), ou participe aux deux voix (አስተደራጊ ፡), c'est-à-dire causatif-passif, selon que l'action exprimée par le verbe est active (ማደረግ ፡), causative (ማስደረግ ፡), passive (መደረግ ፡), passive-fréquentative (መደራረግ ፡), ou causative-passive (ማደራረግ ፡). D'où cinq aspects du régime correspondant à ces cinq états du verbe, savoir : le ማድረጊያ ፡, le ማስድረጊያ ፡, le መደረጊያ ፡, le መደራረጊያ ፡ et le መስደራራጊያ ፡, litt. : « ce qu'on fait, ce qu'on fait faire, ce qui est fait », etc[1]. Le défaut de

[1] Nous conservons l'orthographe du ሰዋስው ፡ de M'Koullou.

cette terminologie est qu'elle ne distingue pas en théorie le verbe neutre du verbe actif.

Le sujet, ou nom principal, est le ባለቤት ፡ « propriétaire »; comme sujet du verbe, il est ሳቢ ፡ « qui entraîne ». Le régime est complément direct : ተሳቢ ፡ « entraîné », complément déterminatif : ዘርፍ ፡ « butin », ou attribut : ቅጽል ፡ « feuillage ». Chacun de ces états est caractérisé, en outre, d'une façon empirique, par l'ordre de ses lettres finales : le ግዕዝ ፡ désignera l'accusatif. On dira que le nominatif est caractérisé par des lettres de tel ou tel ordre. Le génitif, étant le déterminatif, est le ዘርፍ ፡, le datif est le ተቀባይ ፡ « celui qui reçoit », l'ablatif est le ሳጭ ፡ « celui qui donne ». Une des grandes difficultés de cette terminologie est son instabilité; መነሻ ፡ par ex. peut signifier la première radicale d'un verbe; ማሠሪያ ፡ peut signifier aussi le prédicat principal, etc. Elle est généralement en langue amharique.

Après avoir ainsi exposé les règles qui président à la formation régulière de la phrase, les grammairiens éthiopiens passent à celles qui président à sa déformation, c'est-à-dire au *Säm nä wärq*.

Les citations que nous allons donner, étant empruntées aux professeurs, n'offrent, naturellement, aucun exemple des allusions politiques ou personnelles qui en sont l'attrait réel. Elles restent purement bibliques.

III

Nous allons suivre pour ces citations, dont nous ne pouvons donner qu'un très petit nombre d'exemples, l'ordre adopté dans la méthode publiée par la Mission suédoise :

I. አርእስት ፡ (équivoques des verbes).

Les noms collectifs peuvent avoir le verbe au singulier ou au pluriel : ፈቀደ ፡ ou ፈቀዱ ፡ ሥላሴ ።.

En outre : አፍቀረ ፡ አቡሁ ፡ et ከሰተ ፡ አፉሁ ፡ peuvent signifier « son père aime », ou « il aima son père »; ዘረወ ፡ ደመና ፡ « il dispersa le nuage », ou « le nuage dispersa », les noms terminés par le 4e, 5e et 7e ordre ne changeant pas à l'accusatif, ainsi que ceux terminés par le suffixe possessif ሁ ፡.

ሰበኩ ፡ ወንጌለ ፡ አሕዛብ ፡ peut signifier : « j'ai prêché l'évangile pour les gentils », ou « ils prêchèrent l'évangile aux gentils », etc.

Les autres exemples cités semblent reposer aussi sur l'homophonie.

II. የሰዋስው ፡ ጸያፎች ፡ (équivoques des noms en général; ጸያፍ ፡ signifie « bégaiement »). On les explique en rétablissant les particules :

ተሐረመ ፡ ወዴት ፡ « il fut défendu (contre) la calomnie » (part. amharique ከ ፡).

ዐቢየ ፡ መልአክ ፡ በኃይል ፡ ሰብእ ፡ « l'ange fut (plus) puissant (que) les hommes (ከ).

ተሰቀለ ፡ እግዚእነ ፡ ሰራቂ ፡ « Notre-Seigneur fut crucifié (comme) un voleur » (እንደ ፡), etc. A la lecture, c'est Jésus qui a l'air d'être un voleur.

ou bien en employant des formules amhariques répondant à : « ressemblant à, réputé, considéré comme », etc.

መጽአ ፡ ሰይጣን ፡ መነክስ ፡ « Satan vint (sous l'aspect) d'un moine » (መስሎ ፡). A la lecture, on ne saurait si Satan n'est pas le moine, ou le moine, le diable.

ይሁብ ፡ ሰይጣን ፡ ዕብነ ፡ ወርቀ ፡ « Satan donnait des pierres (qu'il faisait ressembler à) de l'or » (አስመስሎ ፡). A la lecture, on ne saurait si les pierres ne sont pas réellement de l'or.

ተሰቀለ ፡ እግዚእነ ፡ ኃጥእ ፡ « Notre-Seigneur (considéré comme un) coupable fut crucifié » (ተብሎ). A première vue, ce serait Jésus qui serait le coupable.

አሰቀሉ ፡ አይሁዳዊ ፡ እግዚእ ፡ ኃጥሀ ፡ semble signifier que Jésus est le coupable que firent crucifier les Juifs, tandis qu'il faut traduire : « Les Juifs (ayant fait courir le bruit que) Jésus était coupable, le firent crucifier. »

ብእሲተ ፡ ጳውሎስ ፡ አነመ ፡ ፈትለ ፡ አሚን ፡ semblerait dire que ce fut la femme de saint Paul qui tissa la trame de la foi. Il faut traduire : « Saint Paul fut (pourrait-on dire) la femme qui tissa la trame de la foi. »

Ce sont les divers enallages joints à l'ellipse des particules dont nous avons déjà parlé.

III. ባለቤት ፡ ከዘርፍ ። (déterminé et déterminatif, = nom et son génitif).

Nous avons dit que son principal caractère était la métaphore appelée ውስጠ ፡ ወይራ ፡ artificiellement produite par la transposition du déterminatif du sens réel au sujet ou déterminé du sens apparent, et réciproquement. La même phrase peut présenter sept combinaisons principales :

1° Le ነጸላ ፡ ውስጠ ፡ ወይራ (*wĕst'ă wăyrā* simple) consiste dans la juxtaposition : 1° du sujet du sens apparent; 2° du déterminatif du sens réel.

Dans ነጸያን ፡ ሮማዊያን ፡ በልዑ ፡ ኅብስተ ፡ ጴጥሮስ ፡ le *wĕst'ă wăyrā* est ኅብስተ ፡ ጴጥሮስ ፡ « le pain de saint Pierre », c'est-à-dire la religion chrétienne ou sa doctrine.

Le sens réel est ሃይማኖት ፡ sous-entendu. Le déterminatif ጴጥሮስ ፡ au lieu d'être joint à ሃይማኖት ፡ est apposé au sens figuré, qui est ኅብስት ፡.

« Les Romains mangèrent le pain de Pierre », signifie : « Les Romains reçurent la foi de saint Pierre. » Il s'agit donc d'une métaphore.

2° Le ክብ ፡ ውስጠ ፡ ወይራ ፡ est la même figure

augmentée d'un attribut. ንጹያን ፡ ሮማዊያን ፡ በልዑ ፡ ኅስስተ ፡ ጴጥሮስ ፡ ባዕል ፡. Cet attribut peut s'appliquer indistinctement au sens apparent ou au sens réel, ce dernier comptant seul : « le précieux pain, la foi précieuse ».

3° Le ዝምድ ፡ (apparenté?) consiste dans la juxtaposition : 1° du sujet du sens réel; 2° du sujet du sens apparent; 3° du déterminatif du sens réel. Le verbe est au passif : ተበልዐ ፡ ሃይማኖት ፡ ኅብስተ ፡ ጴጥሮስ ፡. C'est la foi qui a l'air d'être mangée. En rétablissant l'ordre syntactique, on a : « Le pain, qui est la foi de saint Pierre, fut mangé. »

4° Le ድርብ ፡ ዝምድ ፡ (double *zĕmd*) est la même figure augmentée de l'attribut. ተበልዐ ፡ ሃይማኖት ፡ ኅብስተ ፡ ጴጥሮስ ፡ ባዕል ፡ « le précieux pain, qui est. . . etc. ».

5° Le ፍላፃ ፡ (trait, brisure, flèche) consiste dans la juxtaposition : 1° du sujet du sens apparent; 2° du déterminatif du sens réel; 3° de l'attribut. Le verbe est également au passif. ተበልዐ ፡ ኅብስተ ፡ ጴጥሮስ ፡ ባዕል ፡.

6° Le ድርብ ፡ ፍላፃ ፡ ou double *fĕlātz'ā* consiste dans la même figure suivie du sujet du sens réel : ተበልዐ ፡ ኅብስተ ፡ ጴጥሮስ ፡ ባዕል ፡ ሃይማኖት ፡.

7° Le የዘ ፡ ቅምዝ ፡ (déformation, entortillement du ዘ) consiste dans la juxtaposition : 1° du sujet du sens apparent; 2° du déterminatif du sens réel avec ዘ marque du génitif régulier); 3° du sujet du sens réel : በልዐ ፡ ሕብስት ፡ ዘጴጥሮስ ፡ ሃይማኖት ፡.

Le *wĕst'ă wăyrā*, accompagné soit d'autres déterminatifs, soit d'autres membres de phrase, soit de noms propres apposés, donne lieu à diverses combinaisons inextricables. Nous en avons trouvé quatre-vingts exemples dans le *Săwāssĕw* de M'Koullou, qui désigne ces modèles ou figures sous le nom de የቅኔ ፡ መንገዶች ፡ *yăqĕniē măngădotch* « les voies de la composition ». Le ድፋት ፡ et le ተራ ፡ ምሳሌ ፡ de la nomenclature des phrases à double sens de M. d'Abbadie font partie de ces combinaisons.

IV. ቅጽል ፡ ከባለቤት ፡ (sujet et attribut).

Les grammairiens abyssins disent que l'attribut se présente sous 15 aspects, qu'ils énumèrent soigneusement. En réalité cet appareil se résume dans notre expression : attribut. La figure du *Săm nā wărq* consiste, comme nous l'avons dit, à faire que l'attribut semble appartenir au sujet (mot principal) du sens apparent, tandis qu'il s'applique au sens réel, ou réciproquement.

Le principal organe de cette déviation est le ባዕድ ፡ ቅጽል ፡, c'est-à-dire tout dérivé du verbe traduisible par notre *qui* relatif (ዘ du gheez, የ de l'amharique). Par exemple le participe passif : ሰቁል ፡ (የተሰቀለ ፡ « celui qui fut crucifié »); ሰቃሊ ፡ (የሰቀለ ፡ « celui qui crucifia »); መብልዕ ፡ « nourriture (ce *qu*'on mange) »; ሰማያዊ ፡ « céleste (qui est du ciel) »; አክሊል ፡ « couronne (qui couronne) »; መምህር ፡ « docteur (qui enseigne) ».

Si on y ajoute le pronom interrogatif et les noms de nombre, on a l'ensemble des attributs, et on remarquera qu'ils ont tous un caractère impersonnel qui permet la déviation du sens réel au sens figuré.

L'explication se donne par le rétablissement des particules et par l'addition des désinences personnelles dans la traduction par le ዘ relatif, ainsi que par l'attribution au déterminatif des désinences pronominales. Par exemple, ምሁር ፡ peut se traduire par « moi qui ai, toi qui as, lui qui a été instruit, etc. ». Dans ምሁረ ፡ አርድእት ፡, አርድእት ፡ peut être traduit par : « que mes, tes, ses disciples ont instruit, etc. ».

Quelques exemples feront comprendre ces inversions :

ማርያም ፡ ንግሥት ፡ አምላክ ፡ a l'air de signifier « reine de Dieu »; si l'on traduit ንግሥት ፡ par ዘነግሠ ፡ ላቲ ፡, la traduction est : « Celle en, pour laquelle Dieu régna, c'est Marie. »

ሔዋን ፡ አቅረበት ፡ ሥላሴ ፡ ምሕረተ ፡ semble indiquer que c'est Ève qui offrit à la Trinité; si l'on explique par ዘአቀረቡ ፡ ላቲ ፡, la traduction devient : « C'est la Trinité qui offrit la grâce à Ève (la rédemption). »

እግዚእ ፡ ሰማይ ፡ አቅረቦ ፡ ጴጥሮስ ፡ ሰብሐተ ፡ ምእመናን ፡ semble signifier : « C'est le Seigneur qui fit offrir à Pierre, etc. »; si l'on explique አቅረቦ ፡ par ዘአቀረቦ ፡ ሎቱ ፡, on a le sens contraire : « C'est Pierre qui fit offrir au Seigneur du Ciel les hommages des croyants. »

አቅራቢ ፡ pourrait d'ailleurs être traduit par : ዘአቀረብከ ፡ ሎቱ ፡, ዘአቀረበ ፡ ሊተ ፡, ዘአቀረብከ ፡ ሊተ ፡, etc.

De même, en traduisant avec le secours des particules :

አዳም ፡ ምውት ፡ ou መዋቲ ፡ እግዚእን ፡ semble signifier qu'Adam mourut pour le Seigneur ; mais ምዉት ፡ ou መዋቲ ፡ traduit avec ስለ ፡ « à cause de » donne : « Celui pour lequel Dieu mourut, c'est Adam. »

አዳም ፡ ተፃብኦ ፡ እምላክ ፡ ምስለ ፡ መልአከ ፡ ሞት ፡ semble signifier que c'est Adam qui combattit, tandis qu'avec la particule ስለ ፡, la traduction est : « Celui pour lequel Dieu combattit l'ange de la mort (Satan), c'est Adam. »

ማርያም ፡ ተፈናዊት ፡ ou ፍኑተ ፡ ገብርኤል ፡ እምነ ፡ ሰማይ ፡ semble signifier que c'est Marie qui conduisit l'archange Gabriel; avec ኀበ ፡ « vers », la traduction devient : « C'est (vers) Marie que Gabriel fut envoyé du Ciel. »

መቃብረ ፡ እግዚእን ፡ ተራዋጹ ፡ መግደላዊት ፡ ምስለ ፡ አቢያጺሃ ፡ እስከ ፡ ሐዋሪያት ፡ doit se traduire : « C'est du tombeau du Christ que coururent vers les Apôtres, Madeleine et ses compagnes (particule እም ፡). »

ማርያም ፡ ወይን ፡ ትክልት ፡ ሥላሴ ፡ ገበዕት ፡ ፋረየት ፡ እስከለ ፡ እምላክ ፡ ምሕረት ፡. C'est Marie qui a l'air d'avoir planté la vigne qui aurait été la Trinité. S'il y avait ትክልት ፡, sans état construit, Marie pourrait être prise pour la vigne elle-même. Mais si l'on traduit ዘተክሉ ፡ ላቲ ፡, étant donné que ሥላሴ ፡ comporte le pluriel, la traduction devient : « C'est Marie qui fit fructifier la vigne que *plantèrent pour elle* les ouvriers de la Trinité, le Dieu de la Miséricorde. »

Car les suffixes pronominaux sont parfois employés comme moyen du *Săm nă wărq*. Par exemple : አብ ፡ ፈነዎ ፡ ለድንግል ፡ ገብርኤልሃ ፡; à la lecture, il semble que ce soit la Vierge qui ait été envoyée. Il faut traduire : « Le Père envoya Gabriel vers elle. »

እግዚአብሔር ፡ አንገሠ ፡ ለዳዊት ፡ ሰሎሞንሃ ፡. A la lecture, Dieu semble avoir fait régner David. Il faut traduire : « Dieu a fait régner Salomon (comme il avait fait régner) David. »

V. Le ሙሻዘር ፡, le ሳቢዘር ፡ et les ሰሞች ፡ et አሳሚዮች ፡.

Le ሙሻዘር ፡ est un ባዕድ ፡ ቅጽል ፡ dont la caractéristique est d'être à l'état construit. Il se traduit donc soit par des particules, soit par le ዘ relatif (amh. የ). Il peut être rendu négatif. Par exemple :

ክርስቶስ ፡ ሞውት ፡ አዳም ፡ « Le Christ mort (à cause) d'Adam. »

አዳም ፡ ፍጡረ ፡ መሬት ፡ « Adam qui fut créé (avec) de la poussière. »

ክርስቶስ ፡ ሰቁለ ፡ ፈያት ፡ « Le Christ qui fut crucifié (avec) des voleurs. »

On peut dire : ክርስቶስ ፡ ኢሞውት ፡ አዳም ፡ « Le Christ qui n'est pas mort (à cause) d'Adam. »

አዳም ፡ ኢፍጡረ ፡ መሬት ፡ « Adam qui n'a pas été créé (avec) de la poussière. »

De même avec le nom verbal ou ሳቢዘር ፡ (noms à suffixe *ăt*, comme ቅትለት ፡ et les infinitifs) :

ሰቅለት ፡ አዳም ፡ ለቃል ፡ ሥጋው ፡ « Le crucifiement du Verbe incarné (à cause) d'Adam. »

ልብሰት ፡ መንፈስ ፡ ቅዱስ ፡ ሥጋ ፡ ማርያም ፡ ለአካለ ፡ ቃል ፡ « La personne (que l'on appelle) le Verbe, c'est le Saint-Esprit dont Marie fut le vêtement charnel. »

Il s'agit, comme on voit, d'une transposition des régimes, ቅትለት ፡ et les infinitifs correspondant à « le tuer » et comportant aussi un complément direct (ተሳቢ ፡).

On pourrait employer l'infinitif : ተሰቅሎት ፡ አዳም ፡ ou ተለብሶት ፡ መንፈስ ፡ ቅዱስ ፡. On peut employer donc également la forme négative : ኢሰቅለት ፡ አዳም ፡ ou ኢልብሰት ፡ መንፈስ ፡ ቅዱስ ፡. On traduit le ሳቢዘር ፡ à l'état construit par l'adoption des particules. Dans le premier exemple, la particule est ስለ ፡ (አዳም ፡); dans le second, elle est ውእቱ ፡ (ቃል ፡ ውእቱ ፡).

On remarquera la variété des formes du ሳቢዘር ፡ accompagné de son complément. Par exemple : ብልዓት ፡ ኅብስተ ፡, ብልዓተ ፡ ኅብስት ፡, — በሊዕ ፡ ኅብስተ ፡, በሊዖት ፡ ኅብስተ ፡, — በሊዓ ፡ ኅብስት ፡, በሊዖተ ፡ ኅብስት ፡, — በላዒ ፡ ኅብስተ ፡, በላዔ ፡ ኅብስት ፡, suivant qu'on emploie le complément direct ou l'état construit.

On pourrait y ajouter : ብልዓቱ ፡ ለኀብስት ፡, በሊዖቱ ፡ ለኀብስት ፡, በላዒሁ ፡ ለኀብስት ፡, et, avec le renversement du complément : ኅብስተ ፡ ብልዓት ፡, ኅብስተ ፡ በሊዖት ፡, ኅብስተ ፡ በሊዕ ፡, ኅብስተ ፡ በላዒ ፡, etc. Seul, l'infinitif በሊዕ ፡ ne comporte pas de suffixes. Dans le *Săm nā wărq*, l'explication par les particules s'applique toujours à l'état construit : መኛዝር ፡ ou ሳቢዝር ።.

Les grammairiens rangent dans la série des inversions du régime la figure appelée ሰምችና ፡ አሰምት ፡, consistant dans une apostrophe composée de deux membres de phrase, dont le premier s'adresse à une ou plusieurs personnes, le second à d'autres, sans qu'à la lecture on puisse discerner cette séparation. La déviation se fait au moyen d'une proposition incidente.

እግዚአብሔር ፡ ንጉሥ ፡ ዘቀደሀከ ፡ ደም ፡ ወይን ፡ አርወዮ ፡ peut s'adresser au Seigneur ou aux hommes. La véritable traduction doit être : « Le Dieu dont tu as versé le sang, vin enivrant pour tous. »

VI. Le ተዘዋሪ ፡ (circonvolution) ou ሠረዝ ፡ (du nom des ። qui séparent les diverses propositions).

Ces propositions sont parallèles et subordonnées; elles forment une figure de rhétorique rappelant notre comparaison, mais arrangée de façon à amener une confusion entre des éléments contradictoires, comme le contenant et le contenu, la propriété et le propriétaire, le *genitor* et le *genitus*, le haut et le bas, ce qui est loin et ce qui est rapproché, etc.

En voici un exemple : ማርያም ፡ መዝገበ ፡ አማኑኤል ፡ ወርቅ ። ወአማኑኤል ፡ ወርቀ ፡ ማርያም ፡ ወዝገብ ፡, qu'il faut traduire : « Marie est le trésor de l'or d'Emmanuel (Jésus); Emmanuel est l'or du trésor de Marie. »

On peut compliquer le ተዘዋሪ ፡ :

ማርያም ፡ ወዝገብ ፡ ወአማኑኤል ፡ ወርቅ ። ወመንግሥት ፡ ሰማይ ፡ ሙዳይ ፡ ወመንፈስ ፡ ቅዱስ ፡ ብሩር ። ወመንግሥት ፡ ስማይ ፡ ቤተ ፡ መቅደስ ፡ ወአዳም ፡ ቀሲስ ።

Car c'est là la forme simple : ንጸላ ፡ facilement intelligible. Dès que l'on entre dans le *Săm nă wărq*, l'obscurité devient profonde. Il y a, par exemple, six combinaisons pour le ተዘዋሪ ፡ suivant :

ተክለ ፡ ሃይማኖት ፡ ብሩር ፡ ወገነት ፡ መዝገብ ። ወገነት ፡ መዝገብ ፡ ወተክለ ፡ ሃይማኖት ፡ ብሩር ። ወገብረ ፡ መንፈስ ፡ ቅዱስ ፡ ወርቅ ፡ ወመንግሥት ፡ ሰማይ ፡ ጽርሕ ።

Ces combinaisons, toutes aussi peu claires les unes que les autres, sont formées par le déplacement des différentes propositions et des termes qui les composent. Ce sont encore les particules qui servent à expliquer ces obscurités. Le contenu (እጓሪ ፡), par exemple, répond à la particule ለ ፡, tandis que le contenant (ማኅደር ፡) répond aux particules በኀበ ፡, ዲበ ፡, ላዕለ ፡, ወልዕልተ ፡, ታሕት ፡, ቅድመ ፡, ውእቱ ፡, ውስተ ፡, etc. Ce jeu d'esprit jouit, semble-t-il, d'un grand succès parmi les lettrés.

VII. Les እንጸር ፡ (aspect, apparence) sont des antiphrases, sortes de synecdoques où le tout est pris pour la partie. L'explication est dans une formule de doute : « on dit que, on prétend que, le bruit court, etc. ».

ኵሉ ፡ ሰብእ ፡ ከነ ፡ ጻድቀ ፡ ወረሰየ ፡ ርእሶ ፡ ጻድቀ ፡ ወጸሐቀ ፡ ይኩን ፡ ፍጹመ ፡ በዘመኑ ፡ ስብከቱ ፡ ለእግዚእነ ፡. Traduisez : « (On dit que, on assure que) tous les hommes s'efforcèrent de devenir justes et désirèrent devenir parfaits au temps de la prédication du Seigneur (tous pour quelques-uns). »

L'*ănts'ăr* prend souvent une autre forme, plus ironique.

አፍንቶ ፡ ጥበብ ፡ ያቀ ፡ ሰሎሞን ፡ ምስብዒተ ፡ እብዶ ፡ a l'air de signifier que Salomon connut sept fois plus de sagesse que de folie. C'est le contraire qu'il faut traduire, car l'explication comporte la formule : « seulement cette sagesse se changea » en sept fois plus de folie.

En un mot, l'*ănts'ăr* contient une foule de réticences, et c'est en les dévoilant que l'on obtient le sens réel caché sous le sens apparent.

Tel est le résultat de nos premières recherches sur un terrain d'une obscurité déconcertante. Il a fallu que nous fussions poussé par un réel sentiment de curiosité pour n'avoir pas abandonné dès le premier jour cette étude rebutante, quel que soit le mérite du professeur qui en a exposé tous les principes. La traduction se heurte à chaque instant à des difficultés qui tiennent moins à l'interprétation des mots qu'à leur adaptation au sujet dont ils traitent. Mais, cette curiosité qui nous a incité à nous occuper du *Săm nā wărq*, d'autres l'éprouveront sans doute, et, au cas probable où nous ne pousserions pas plus loin ces études, peut-être trouveront-ils dans cet exposé les notions qui leur permettront de les compléter.

ERNEST LEROUX, ÉDITEUR,

LIBRAIRE DE LA SOCIÉTÉ ASIATIQUE ET DE L'ÉCOLE DES LANGUES ORIENTALES VIVANTES,

RUE BONAPARTE, N° 28.

OUVRAGES PUBLIÉS PAR LA SOCIÉTÉ ASIATIQUE.

JOURNAL ASIATIQUE, publié depuis 1822. (La collection est en partie épuisée.) Abonnement annuel. Paris : 25 fr. — Départements : 27 fr. 50. Étranger : 30 fr. — Un mois : 3 fr. 50.

COLLECTION D'AUTEURS ORIENTAUX.

VOYAGES D'IBN BATOUTAH, texte arabe et traduction, par MM. *Defrémery* et *Sanguinetti*, Imprimerie nationale, 1873-1879 (nouveau tirage), 4 vol. in-8°. 30 fr.

INDEX ALPHABÉTIQUE POUR IBN BATOUTAH, 1893 (2ᵉ tirage), in-8° .... 2 fr.

MAÇOUDI. LES PRAIRIES D'OR, texte arabe et traduction, par M. *Barbier de Meynard* (les trois premiers volumes en collaboration avec M. *Pavet de Courteille*). 1861-1877, 9 vol. in-8° .... 67 fr. 50

CHANTS POPULAIRES DES AFGHANS, recueillis, publiés et traduits par *James Darmesteter*. Précédés d'une introduction sur la langue, l'histoire et la littérature des Afghans. 1890, 1 fort vol. in-8° .... 20 fr.

LE MAHÂVASTU, texte sanscrit publié pour la première fois, avec des introductions et un commentaire, par M. *Em. Senart*.

Tome I, 1882, in-8° .... 25 fr.
Tome II, 1890, in-8° .... 25 fr.
Tome III, 1898, in-8° .... 25 fr.

JOURNAL D'UN VOYAGE EN ARABIE (1883-1884), par *Charles Huber*, 1 fort vol. in-8° illustré de dessins dans le texte et accompagné de planches et croquis. 30 fr.

MENG-TSEU, seu Mencium, Sinarum philosophum, latine transtulit *Stan. Julien*. Lut. Par. 1824, in-8° .... 9 fr.

FABLES DE VARTAN, en arm. et en franç., par *Saint-Martin* et *Zohrab*, in-8°. 3 fr.

ÉLÉMENTS DE LA GRAMMAIRE JAPONAISE, par le P. *Rodriguez*, traduits du portugais par *C. Landresse*; précédés d'une explication des syllabaires japonais, par *Abel Rémusat*, avec un supplément, in-8° (épuisé) .... 7 fr. 50

ÉLÉGIE sur la prise d'Édesse par les Musulmans, par *Nersès Klaietsi*, publiée en arménien, par *J. Zohrab*, in-8° .... 4 fr. 50

ESSAI SUR LE PÂLI, ou langue sacrée de la presqu'île au delà du Gange, avec six planches lithographiées et la notice des manuscrits pâlis de la Bibliothèque royale, par *E. Burnouf* et *Chr. Lassen*, 1 vol. in-8° (épuisé) .... 15 fr.

OBSERVATIONS sur le même ouvrage, par *E. Burnouf*, grand in-8° ...... 2 fr.

LA RECONNAISSANCE DE SACOUNTALÂ, drame sanscrit et prâcrit de Calidasa, publié en sanscrit et en français, par *A.-L. Chézy*, 1830, in-4° .... 24 fr.

YADJNADATTABADHA, ou la mort d'Yadjnadatta, épisode extrait du Râmâyana, en sanscrit et en français, par *A.-L. Chézy*, 1 vol. in-4° .... 9 fr.

VOCABULAIRE DE LA LANGUE GÉORGIENNE, par *Klaproth*, in-8° .... 7 fr. 50

CHRONIQUE GÉORGIENNE, texte et traduction, par *Brosset*, 1 vol. in-8° .... 9 fr.

La traduction seule, sans le texte .... 6 fr.

CHRESTOMATHIE CHINOISE, publiée par *Klaproth*, 1833, in-4° .... 9 fr.

ÉLÉMENTS DE LA LANGUE GÉORGIENNE, par *Brosset*, 1 vol. in-8° .... 9 fr.

GÉOGRAPHIE D'ABOU'LFÉDA, texte arabe, publié par *Reinaud* et *de Slane*, 1840, in-4° .... 24 fr.

RÂDJATARANGINÎ, ou Histoire des rois du Kachmir, publiée en sanscrit et traduite en français, par M. *Troyer*, 1840-1852, 3 vol. in-8° .... 20 fr.

PRÉCIS DE LÉGISLATION MUSULMANE, suivant le rite malékite, par *Sidi Khalil*, cinquième tirage, 1883, in-8° .... 6 fr.

www.ingramcontent.com/pod-product-compliance
Ingram Content Group UK Ltd.
Pitfield, Milton Keynes, MK11 3LW, UK
UKHW020947220726
13924UKWH00002B/531

9 782019 918897